KB115406

하루에 한 줄

복잡한 일상에 쉼표가 되는 ·························· 하루에 한 줄

WINNER'S BOOK

한 줄의
힘

'못 할 것 같은 일도 시작해놓으면 이루어진다.'

2013년 5월, 공자의 말로 시작한 감성 SNS 페이지 '하루에 한줄'. 무엇인가를 이루고자 만든 건 아니었지만, 온라인을 넘어 이렇게 책으로 인사드리게 되니 감회가 새롭습니다.

'하루에 한줄'은 운영자 두 명과 사진작가 네 명, 총 여섯 명이 함께하고 있습니다. 지금도 그렇지만, 처음에는 그저 '재밌겠다'는 마음뿐이었습니다. '가슴에 와 닿는 글을 사진과 어우러지게 만들어 보면 좋겠다, 그 자체로 좋은 이미지가 되지 않을까.' 이런 단순한 생각에서 시작한 일이기 때문에 이렇게 많은 분이 좋아해주실지 몰랐습니다. 그래서 이 글을 쓰고 있는 지금도 신기하기만 합니다.

지난 2년 동안 SNS를 통해 올린 수백 장의 사진과 수백 개의 문장을 보시고, 많은 분께서 위로와 힘을 얻으셨다고 말씀해 주셨습니다. 그러나 도리어 가장 많이 위로 받고 힘을 얻은 건 저 자신이 아닌가 싶습니다. '이 글엔 어떤 사진이 어울릴까?' 혹은 '이 사진엔 어떤 글이 어울릴까', '이 글과 사진에서 다른 사람들이 느끼는 감정은 어떤 것일까?' 를 고심하며 만든 '한 줄'에 공감의 댓글과 응원의 메시지를 보내주셨습니다. 그렇게 공감하는 분들을 보며 나와 같은 생각을 하는 분이 많다는 사실이, 저에게 큰 힘이 되었습니다. 물론 생각이 다른 분들의 댓글과 메시지를 받을 때도 있습니다. 다른 방향으로 공감하시거나, 공감하지 않으시는 분도 많이 계셨습니다. 이 또한 생각의 깊이를 더할 수 있는 좋은 계기가 되었던 것 같습니다.

온라인을 통해 이뤄진 이 값진 소통이 책을 통해서는 어떤 식으로 이루어질지 궁금하고 기대가 됩니다. 그러기에 책을 만드는 작업이 더욱 즐거웠습니다.

책을 만들기 위해 그동안 만들었던 수많은 '한줄'을 다시 살펴보며, 문득 한 가지 궁금증이 생겼습니다. 내 가족이, 내 친구들이, 그리고 사람들이 가장 인상 깊게 본, 공감하는 '한줄'은 무엇일까? 그래서 '당신의 한 줄은 무엇입니까?'라는 질문을 드렸습니다. 그리고 감사하게도 많은 분께서 한줄을 위해 이야기를 들려주셨고, 이 이야기를 많은 분과 공유하면 좋겠다는 생각에 책에 싣기로 하였습니다.

'이상한 나라의 헌책방'을 운영하시는 유성근 님, '당신의 한 줄은 무엇입니까?'라는 저희의 질문에 좋은 이야기 들려주셔서 감사드립니다. 귀한 이야기로 책을 열게 되어 기쁩니다. 그리고 SNS를 통해 드린 같은 질문에 값진 이야기로 답해주신 모든 분께 감사드립니다. 모든 이야기가 소중했지만, 여덟 분의 글만 싣게 되었습니다. 다 싣지 못하는 것이 아쉬울 뿐입니다.

이야기를 들려주신 분들 뿐만 아니라, 한줄을 좋아해주고 응원해주시는 분들께 이 공간을 빌어 다시 한 번 감사드린다는 말씀을 드리고 싶습니다.

"감사합니다."

이 책을 보시는 독자 분들에게 글과 사진이 어떠한 형태로라도 힘이 되길 바랍니다.

_ 송수진

* '하루에 한줄'은 맞춤법 상 '하루에 한 줄'이 맞습니다. 하지만 입말을 살리려고 공식페이지 이름을 '하루에 한줄'로 정하였습니다. 책에서는 저희를 지칭하는 것 외에는 맞춤법에 따랐습니다. 이 점 참고하시기 바랍니다.

차례

까마귀와 책상

글 유성근(이상한 나라의 헌책방 운영)

나는 서울과 경기도가 만나는 경계에 있는 한 동네에서 '이상한 나라의 헌책방'을 운영하고 있다. 이 가게는 2007년에 문을 열었고 이제는 단골손님도 제법 늘었다. 그런데도 사람들은 여전히 여기가 무얼 하는 곳인지 전화로 물어오곤 하는데, 대답은 늘 간단하다. 가게 이름 그대로 헌책방이다. 중고 책을 사고파는 일을 한다. 여러 가지 이유로 이곳이 유명해지다 보니 종종 매체와 인터뷰를 하는 일이 있다. 그럴 때 기자가 꼭 물어보는 게 왜 가게 이름을 그렇게 지었냐는 것이다. 이제 할 얘기는 바로 그런 질문에 답하는 것이기도 하다.

아주 어렸을 때부터 헌책방을 좋아했던 나는 어른이 되면 헌책방 주인장이 되고 싶다는 생각을 자주 했다. 헌책방이 좋아서라기보다는 당시 헌책방 주인장을 보면서 '참 한가롭게 일하면서도 돈을 버는구나!' 하는 생각을 했던 것이다. 내 아버지는 꽤 힘들게 일하고 있는 것 같았다. 아침 일찍 출근해서 늘 내가 잠들고 나서야 집에 들어오셨다. 그런 아버지를 보면서 나는 반드시 한가로운 일을 직업으로 삼아야겠다며 다짐했다. 어린이였던 내가 아는 한 가장 한가로운 직업은 두 개였다. 첫째는 실내야구장 주인이고, 나머지 하나가 헌책방이다. 내가 보기에 둘 다 시쳇말로 그냥 '앉아서 돈버는' 것처럼 보였으니 얼마나 부러웠겠는가.

그러나 상업고등학교를 졸업하고 대학에서 컴퓨터를 공부하는 동안 실내야구장은 대부분 사라졌고 헌책방에 다니는 일도 많이 줄었다. 졸업 후에 마치 정해진 운명인 것처럼 IT회사에 들어갔고 거기서 밀레니엄이 올 때까지 일하며 월급 받는 생활을 했다. 귀찮은 일, 뭔가 틀에서 벗어난 일을 좋아하지 않던 내게 컴퓨터로 일하는 직장은 꽤 괜찮은 직업이었다. 컴퓨터는 프로그램한 그대로 답을 내놓는 것이고 언제나 답이 있는 것에만 반응한다는 점이 내 성격과 맞았다. 내 삶도 그렇게 물 흘러가듯이 정답을 향하는 것이면 좋겠다고 생각했다.

그러나 인생에 어찌 정답이 있을까? 한치 앞도 알 수 없는 게 삶이라는 말이 괜히 있는 게 아니다. 그럼에도 불구하고 나는 스스로 상정해 둔 목표를 답으로 믿으면서 살았던 것이다. 그런 일상에 큰 충격을 주었던 책이 루이스 캐럴이 지은 《이상한 나라의 앨리스》다. 사실 앨리스 이야기는 아주 어렸을 때부터 알고 있었다. 그때 나는 강원도 태백 근방에 살았고 아버지는 탄광에서 일하셨다. 동네에는 폐광들이 더러 있었는데 내 또래 아이들은 달리 놀이터 같은 게 없었기 때문에 폐광 근처에서 놀곤 했다. 물론 그런 곳은 위험한 장소라서 굴속으로 들어가 놀다가 어른들에게 발각되면 붙들려서 혼쩌검이 났다. 그래도 호기심 많은 아이들은 늘 굴속에 들어갔고 그 안에서 신기한 걸 봤다는 애들의 모험담을 듣는 것도 재미있는 놀이였다.

〈이상한 나라의 앨리스〉를 처음 읽었을 때 바로 그런 기억과 겹쳐서 너무 재미있었다. 저 유명한 첫 장면, 앨리스가 말하는 토끼를 따라 굴속으로 들어갔더니 그 안에는 놀라운 모험의 세계가 기다리고 있었다는 이야기는 어른이 될 때까지도 내 기억 속 가장 좋은 자리를 차지하고 있었다. 심지어 대학에 다닐 때는 그 책을 영어 원서로도 몇 번을 읽어봤을 정도다. 당시에는 그 이야기 중 어떤 부분이 내 인생에 커다란 영향을 줄 것이라는 건 생각할 수도 없었다.

나는 말로 하는 개그, 그중에서도 난센스 퀴즈를 좋아한다. 〈이상한 나라의 앨리스〉는 앨리스가 굴속으로 들어가고 난 다음 거의 처음부터 끝까지 말장난의 연속이다. 특히 모자장수가 등장하는 '엉망진창 파티(A Mad Tea Party)'는 내가 제일 좋아하는 부분이다. 회사에 다니면서도 시간이 날 때마다 앨리스 이야기를 몇 번이고 반복해서 읽었다. 그러다 어느 날 모자장수가 앨리스에게 느닷없이 던졌던 질문 하나가 유독 내 머릿속을 휘저어놓았다. 그때까지 적어도 수십 번이나 읽었던 장면임에도 불구하고 왜 하필이면 그때였을까?

티파티 장소에 도착한 앨리스에게 모자장수는 대뜸 이런 질문을 던진다. "왜 까마귀와 책상이 닮았지?" 그러게. 둘이 왜 닮았을까? 골몰히 생각해 봤으나 답이 무엇일지 감조차 잡히지 않았다. 그런데 앨리스는 당연히 그 질문에 답할 수 있다고 말했다. 하지만 앨리스는 답을 말하지 않았고 모자장수도 왜 답을 말하지 않느냐고 되묻지 않았다. 이야기는 계속 다른 말장난으로 이어지다가 한참 후에야 다시 그 문세로 화세가 돌아온다. 정답은 무엇일까? 어이없게도 문제를 낸 모자장수 역시 까마귀와 책상이 왜 닮았는지 모른다는 것이다.

그전까지는 이 장면을 아무렇지도 않게 그냥 지나쳤는데 갑자기 조금 다른 생각이 들었다. 어쩌면 '모른다는 것'이 이 문제의 답이 아닐까? 아니면 문제를 내긴 했지만 굳이 답이 필요 없는 것일지도 모른다. 이런 생각에 이르자 지금까지 내가 왜 마치 답이 정해져 있는 것 같은 삶을 살아왔는지 의심하게 됐다.

재미있는 것은 〈이상한 나라의 앨리스〉가 출판된 1800년대 이후 지금까지 수많은 사람들이 "왜 까마귀와 책상이 닮았지?"라는 문제에 가장 그럴듯한 답을 내기 위해 도전했다는 사실이다. 미국의 퍼즐 천재인 샘 로이드는 1914년에 펴낸 《퍼즐 백과사전》에서 모자장수가 낸 퀴즈에 진지하게 도전했다. 1991년에는 영국에서 발행되는 〈스펙테이터〉라는 신문이 이 문제에 답을 내기 위한 공개 경연을 벌였는데 그 횟수가 무려 1683번까지 이어졌다. 잘 알려진 작가 올더스 헉슬리도 잡지에 발표한 '까마귀와 책상'이라는 글을 통해 몇 가지 답을 제안했다.* 그러나 당연한 얘기겠지만 어떤 것도 정답은 아니다. 차라리 정답이 없기 때문에 '엉망진창 파티'가 더욱 재미있게 읽혔던 것이 아닐까.

이렇듯 한번 시작된 의심은 꼬리에 꼬리를 물고 이어졌다. 결국 이런 일이 있고 난 뒤 2년 즈음 지났을 때 회사에 사표를 냈고 헌책방을 해보겠다는 마음을 굳혔다. 어차피 사는 것에 정답은 없다. 오히려 그렇기 때문에 삶은 더욱 큰 재미와 의미를 가지는 것이다. 앨리스와 모자장수의 말장난은 내게 그런 가르침을 주었고 동네 골목에 문을 연 헌책방 이름은 '이상

이상의 일화는 미국의 루이스 캐럴 전문가인 마틴 가드너가 주석을 작성한 《이상한 나라의 앨리스》를 참고했다. "왜 까마귀와 책상이 닮았지?"의 번역과 '엉망진창 파티'라는 명칭 역시 마틴 가드너의 책을 번역하여 펴낸 북폴리오 출판사의 책을 따랐다.(번역자: 최인자)

한 나라의 헌책방'이 되었다. 사람들은 이 가게가 오래 가지 못할 거라고 말했다. 대개 그렇게 말하는 사람들은 가게라는 걸 운영하는 데 정답이 있다고 믿는 사람들이다. 나는 여전히 가게든 뭐든 정답은 없다고 믿는다. 오히려 그런 게 없기 때문에 해볼 만한 것 아닌가. 모자장수의 말은 헛소리가 아니었다.

아침

시작하는
용기

짙은 어둠을 밀어내며 빛을 몰아오는 아침은 고요하고 아름답다.

세상의 모든 소리를 다 삼켜버릴 듯한 새벽이 지나가면, 오늘을 시작하기 위해 기지개를 켜는 소리가 들려온다. 죽었다가 살아난 듯, 깊은 잠에서 깨어나 어제와 다른 색으로 빛을 내는 하늘을 바라본다. 그리고는 포근한 침대의 유혹을 간신히 뿌리치며, 오늘을 위해 소리를 내고 몸을 움직인다.

멈춰 있던 것들이 다시 움직이기 시작하는 아침엔 그 어느 때보다 용기가 필요하다. 잠시 내려놓았던 어제의 고민을 다시 이어가기도 하고 새로운 오늘에 대해 상상해보기도 한다. 그러면서 모든 일이 잘 해결될 것이라는 희망에 찼다가, 걱정이 앞서 절망에 빠지기를 반복한다.

해가 뜨는 아침이 있어 다행이다. 출근길, 버스 창문을 통해 들어오는 빛의 조각들이 나를 응원하듯 얼굴을 따뜻하게 끌어안는다. 세상을 밝히는 아침의 온기는 친구나 사랑하는 이의 포옹처럼 위로와 용기가 된다. 아침 햇살이 주는 위로를 받으며 오늘도 웃는 모습으로 하루를 시작한다.

오늘은 당신의 남은 인생 중,
첫 번째 날이다.

영화 〈아메리칸 뷰티〉 중에서

나의 세대가 이룩한 발견 중에서
가장 위대한 것은
습관을 바꾸는 것만으로도
자신의 인생을 확 바꿀 수 있다는 사실이다.

윌리엄 제임스

게으름과 여유는
명백히 구분되어야 한다.
여유는 능동적 선택에 의한 것이고,
게으름은 선택을 피하기 때문에
찾아오는 것이다.

책 《굿바이, 게으름》(문요한 지음, 더난출판사) 중에서

삶은
네가 너만의 안전지대에서
나오는 순간
시작된다.

닐 도날드 월쉬

어디를 가든지 마음을 다해 가라.

공자

출발하기 위해
위대해질 필요는 없지만
위대해지려면
출발부터 해야 한다.

레스 브라운

오늘이라는 날은
두 번 다시 오지 않는다는 것을
잊지 마라.

단테

내 기분은 내가 정해.
오늘 나는 행복으로 할래.

책 《이상한 나라의 앨리스》(루이스 캐럴 지음, 더클래식) 중에서

27

삶이 있는 한
희망은 있다.

키케로

우리 모두의 삶에는
두 번의 기회가 주어집니다.
두 번째 인생은
바로 당신이 기회는 단 한 번뿐이란 걸
깨달을 때 시작되죠.

톰 히들스턴

오늘이 없는 미래는 없어.
오늘 하루하루가 쌓여 미래가 되는 거야.

동화 '어린 왕벚나무'° 중에서

동화집 《항아리》 김호승 지음. 열림원에 수록

사람들은 흔히 내일,
내일 하고들 있지만
이 내일이라는 것은
영원히 이어지는 것이므로
오늘 하지 않으면
아무것도 못하게 된다.

앤드류 카네기

'때가 되면'의 때는 절대 오지 않는다.
다들 자기가 너무 늙었거나 너무 젊거나
너무 가난하거나 너무 부대낀다거나
너무 외롭다고 생각한다.
그리고 다들 너무 바쁘다고 생각한다.
완벽한 시간이나 나이, 상황은 오지 않는다.
그리고 두 번째 기회도 없다.
당신이 스스로 주는 기회.
오늘 당장 시작하는 것이 답이다.

책《나는 나에게 월급을 준다》(마리안 캔트웰 지음, 중앙북스) 중에서

세상을 움직이려면
먼저 나 자신을 움직여야 한다.

소크라테스

아무것도 변하지 않을지라도
내가 변하면 모든 것이 변한다.

오노레 드 발자크

어느 누구도 과거로 돌아가서
새롭게 시작할 수는 없지만
지금부터 시작해서
새로운 결말을 맺을 수는 있다.

카를 바르트

나는 오늘이
제일 예쁘다.

최화정

나는
내 운명의 주인이며,
내 영혼의 선장이다.

윌리엄 헨리

매 1분마다
인생을 바꿀 수 있는 기회가 찾아온다.

영화 〈바닐라 스카이〉 중에서

만약 당신의 삶을
장려한 이야기로 만들고 싶다면,
자신이 작가이며
날마다 새로운 페이지를
쓸 기회가 있음을 깨닫는 것으로 시작하라.

마크 홀라한

인생의 교훈

글 신숙현(직장인)

몇 년 전, 지독한 슬럼프에 빠진 적이 있습니다. 더 내려갈 곳 없이 내려간 집안 형편과 그로 인해 하고 싶은 일을 할 수 없다는 상실감 같은 것들이 뒤엉켜 만들어낸 슬럼프 같았습니다. 제 방도 없는 단칸방에서 가족들과 함께 있다는 것이 무척 괴로웠습니다. 집에 들어가는 순간 짜증이 나고 답답했습니다. 저도 모르게 가족들에게 짜증으로 일관했고, 컴퓨터 앞에 앉아 헤드셋을 쓴 후, 대화를 단절한 채 게임 속으로 도망쳤습니다.

그러다 보니 퇴근 후에는 집에 들어가기 싫어 PC방에 가서 게임을 하거나, 친구들과 술을 먹고 늦게 들어가기 일쑤였습니다. 모든 게 세상 탓이라 여기며 아무것도 하지 않았습니다. 어릴 적부터 꾸어왔던 꿈이 사라진 상실감과 밑바닥까지 어려워진 집안 형편에 대한 원망으로 의욕도 의미도 없이 시간만 보내는 날의 연속이었습니다. 어느 새 저의 나태함은 극에 달해 있었습니다.

그렇게 시간을 허비하며 게임에 몰두하던 어느 날, 한 게임에서《이상한 나라의 앨리스》

를 인용한 문장이 나왔습니다.

"모든 것에는 교훈이 있다.
찾을 수 있다면 말이지."

멍했습니다. 우연히 본 그 말이 마치 저를 향해 하는 말 같았습니다. 정신 차리라며 저를 흔들고 뒤집는 것 같았습니다. 세상 탓만 하며 삶에는 아무 의미도, 목적도 없다고 생각한 제 자신이 부끄럽고 한심해졌습니다. 게임도 할 수 없어서 바로 누워버렸습니다.

아무도 없는 고요한 집에서 한참을 누워 생각하고 또 생각하며 깊은 고민을 해보니 모든 건 저로 인해 비롯된다는 결론에 다다랐습니다. 교훈이란 누가 알려주는 게 아니라 제가 찾아야 했던 겁니다. 자신을 방관하고 내버려둔 저를 질타하고 반성했습니다.

그 이후로 마음을 다 잡고 홀로 성장할 시간이 필요하단 생각에 집을 나와 살았습니다. 지난 시간들을 반성하며 열심히 살았습니다. 열심히 살다 보니 새삼 제 주위에 좋은 사람들이 많다는 사실도 깨닫게 되었고 차츰차츰 집안 형편도 나아졌습니다. 지금 하는 일도 꿈을 포기하고 생계를 위해 억지로 하는 일이 아닌, 꿈을 향해 나아가기 위해 하는 일이라 생각하고 있습니다. 제가 찾으려 하자 정말로 교훈이 있었습니다.

지금도 저에게 어려운 일이 닥칠 때마다 저 말을 떠올립니다. 제가 살면서 겪는 모든 것들은 제 멋진 인생을 완성하는 조각들이라 생각하고 있습니다. 한 조각, 한 조각 따로 있을 땐 무엇인지 모를 퍼즐 조각들이 모이고 맞춰지면 멋진 그림으로 완성되듯, 제 인생도 멋지게 완성될 거라 생각합니다.

지금은 다시 가족들과 함께 살고 있습니다. 아직도 꿈을 이루진 못했지만, 앞으로 포기하지 않고 제 꿈을 향해 한 발짝씩 열정을 가지고 나아가려 합니다. 모든 것에는 교훈이 있고 앞으로도 계속 그 교훈을 발견해 정진하고 발전해나갈 것입니다. 동시에 이 글이 제 꿈을 향해 다시 내딛는 첫 발걸음이 될 거라 믿습니다.

사랑의 첫 번째 의무는
상대방에게 귀 기울이는 것이다.

폴 틸리히

매일매일 좋을 순 없어.
그런데 잘 찾아보면 매일매일 좋은 일은 있다고.
동화 〈곰돌이 푸〉 중에서

44

우리는 모두 특별한 사랑을 꿈꾼다.
특별한 사람을 만나 특별한 사랑을 하기를 꿈꾼다.
나를 특별히 사랑해주는 사람이 나타나기를 바란다.
그러나 특별한 사랑은,
특별한 사람을 만나서 이루어지는 게 아니라
보통의 사람을 만나,
그를 특별히 사랑하면서 이루어지는 것임을.

시 〈어머니의 동백꽃〉 중에서

거짓말이 달아준 날개로
당신은 얼마든지 멀리 갈 수 있습니다.
그렇지만 다시 돌아오는 길은 어디에도 없어요.

책 《마법의 순간》(파울로 코엘료 지음, 자음과모음) 중에서

강아지는 당신이 부자인지 가난한지 똑똑한지 멍청한지
상관하지 않습니다.
자기가 받은 사랑을 되돌려줄 뿐이죠.

영화 〈말리와 나〉 중에서

인생의 가장 아름다운 날들은
우리가 아직 살지 않은 날들이다.

책 《천사의 부름》(기욤 뮈소 지음, 밝은 세상) 중에서

시작하는 방법은 그만 말하고
이제 행동하는 것이다.

월트 디즈니

희망은
보이지 않는 것을 보고,
만질 수 없는 것을 만지며,
불가능한 것을 성취한다.

찰스 칼렙 콜튼

못할 것 같은 일도
시작해놓으면 이루어진다.

〈채근담〉

소중한 것을 놓치기 싫다면
먼저 다가가 붙잡아라.

책 《리버보이》(팀 보울러 지음, 놀) 중에서

세상 모든 일은
여러분이 무엇을 생각하느냐에 따라
일어납니다.

오프라 윈프리

시도해보기 전까지는
무엇을 할 수 있는지 모르는 법이다.

푸블릴리우스 시루스

사랑받고 싶다면 사랑하라,
그리고 사랑스럽게 행동하라.

벤자민 프랭클린

잘 살아라.
그것이 최고의 복수다.

《탈무드》

무슨 일이든
조금씩 차근차근 해나가면
그리 어렵지 않다.

헨리 포드

인생에 주어진 의무는 아무것도 없다네.
그저 행복하라는 한 가지 의무뿐.
우리는 행복하기 위해 세상에 왔지.

헤르만 헤세

실패는 고통스럽다.
그러나 최선을 다하지 못했음을
깨닫는 것은
몇 배 더 고통스럽다.

앤드류 매튜스

오늘 할 수 있는 일을
내일로 미루지 마라.

벤자민 프랭클린

인생을 사는 방법은 두 가지다.
하나는 아무 기적도 없는 것처럼 사는 것이요.
다른 하나는 모든 일이 기적인 것처럼 사는 것이다.

알버트 아인슈타인

행복이란
하늘이 파랗다는 걸 발견하는 것만큼이나
쉬운 일이다.

요슈타인 가아더

사랑하는 것은
천국을 살짝 엿보는 것이다.

카렌 선드

마음은 빈 상자와 같다.
보석을 담으면 보물 상자가 되고,
쓰레기를 담으면 쓰레기 상자가 된다.

책 《비상》(양광모 지음, 이룸나무) 중에서

세상은 영웅들의 거대한 힘뿐 아니라
정직한 일꾼들의 작은 힘이 모여 움직인다.

헬렌 켈러

부모가 불어주는 바람

글 박혜선(직장인)

일하는 어느 날, 이른 아침 같은 어린이집을 다니는 한 엄마가 저에게 전화를 했습니다. 저의 세 살 아들이 친구를 깨물었다고 말입니다. 어린이집 선생님은 말합니다. 일보다 아이를 먼저 하시면 안 되겠느냐고요.

　주변 엄마들의 시선과 모두 내 탓인 것만 같은 마음에 길을 잃은 것만 같은 그때. 아직 어린 아들의 고사리 같은 손을 꼭 잡고 함께 눈물을 훔치며 타이르고, 또 타이르는 그때. 논어의 한 구절이 스쳐지나갔습니다.

　　　　"군자의 덕은 바람이고, 소인의 덕은 풀입니다.
　　　　풀 위에 바람이 불면 풀은 반드시 눕기 마련입니다."

　부모인 내가 부는 바람이 어쩌면 아이에겐 세상 그 어떤 폭풍우보다 거세리라. 그런 생각이 들었습니다. 아이가 왜 그런 행동을 했는지 알 수 없지만, 더욱 따뜻한 바람으로 아이의 모든 것을 품고 달래주어야겠다고 다짐했습니다.

　마음을 다잡고 꼭 끌어안은 지 언 한 달. 아이가 조금씩 달라지기 시작했습니다. '이 또한 지나가리라.' 비록 마음이 다치고 나 홀로 길을 잃은 것만 같아도 결국 지나가게 되어 있습니다. 누군가 아이가 커가는 과정에서 일으키는 행동 때문에 걱정을 토로할 때면, 나는 두 손 꼭 잡고 괜찮다 토닥입니다. 이건 다 우리 아이에게서 배운 것입니다.

　또한 마음에 새겨진 한 구절과 책 속 내 마음과 눈길을 붙잡은 짧은 한 줄이 길 잃은 나에게 밤하늘의 별과 같이 내 마음의 길잡이가 되었던 것입니다. 워킹맘으로 세상을 살아간다는 것, 그리고 이 땅의 한 인간으로 살아간다는 것은 어쩌면 정답이 없는 무언가를 매일 고민하며 시간에 나를 맡겨야 하는 건지도 모르겠습니다.

때로는
천천히

해야만 하는 일에 치여 나를 잊은 채 세상에 내던져지는 시간, 오후가 아닐까. 아무 일도 없는 날조차 무엇인가를 해야만 할 것 같은, 그래서 때로 은연중 압박을 느끼기도 하는. 한낮 눈부시게 부서지는 햇빛과 드높은 하늘, 하루 중 가장 따뜻한 대지를 느낄 여유조차 없을 땐 그 아름다운 풍경에 나만 속할 수 없는 것 같아 괜히 서러운 마음이 들기도 한다.

사람들 속에서 균형을 잃지 않으려 긴장하는 날의 오후는 속절없이 지나가 버리고, 마치 그 시간이 통째로 사라진 것처럼 기억이 나지 않을 때도 있어 멈칫하게 된다. 그저 버텨내는 기분으로 보내는 날에는 그 시간이 그렇게 얄미워, 얼른 지나가기만을 바랄 때도 있었다.

차창 너머 빠르게 스쳐 가는 풍경들처럼 어느새 지나가 버리는 오후의 아름다움. 붙잡아 두고 싶은, 그러나 그럴 수 없는 인생의 순간들처럼 아쉽다. 비록 우리가 시간을 멈출 수는 없지만, 잠시 속도를 늦추고 주변을 둘러본다면 달리는 내내 펼쳐져 있던 일상의 행복을 발견할지도 모른다.

먼 데서 바람 불어와 풍경 소리 들리면
보고 싶은 내 마음이 찾아간 줄 알아라.

시 〈풍경 달다〉* 중에서

시집《외로우니까 사람이다》정호승 지음, 열린원)에 수록

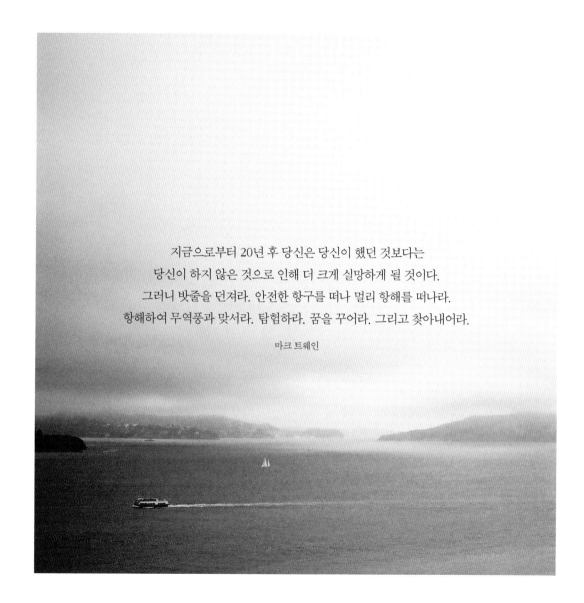

지금으로부터 20년 후 당신은 당신이 했던 것보다는
당신이 하지 않은 것으로 인해 더 크게 실망하게 될 것이다.
그러니 밧줄을 던져라. 안전한 항구를 떠나 멀리 항해를 떠나라.
항해하여 무역풍과 맞서라. 탐험하라. 꿈을 꾸어라. 그리고 찾아내어라.

마크 트웨인

마음은 낙하산과 같다.
열려야만 제 기능을 하니까.

토머스 듀어

인생은 모두가 함께 하는 여행이다.
매일매일 사는 동안 우리가 할 수 있는 건
최선을 다해 이 멋진 여행을 만끽하는 것이다.

영화 〈어바웃 타임〉 중에서

소중한 순간이 오면 따지지 말고 누릴 것.
우리에게 내일이 있으리란 보장은 없으니까.

영화 〈창문 넘어 도망친 100세 노인〉 중에서

나로 말할 것 같으면 긍정주의자인데,
다른 주의자가 돼 봤자 별 쓸모가 없는 것 같기 때문이다.

윈스턴 처칠

화가 나면 열을 세어라.
풀리지 않는다면 백을 세어라.

토마스 제퍼슨

인생은
가까이서 보면 비극이지만
멀리서 보면 희극이다.

찰리 채플린

이 사악한 세상에서 영원한 것은 없다.
우리가 겪는 어려움조차도.

찰리 채플린

순간을 소중히 여기다 보면,
긴 세월은 저절로 흘러간다.

마리아 에지워스

낮에 꿈꾸는 사람은
밤에만 꿈꾸는 사람에게는 찾아오지 않는
많은 것을 알고 있다.

에드거 앨런 포

오랫동안 꿈을 그리는 사람은
마침내 그 꿈을 닮아간다.

앙드레 말로

나는 천천히 걸어가는 사람이다.
그러나 뒤로는 가지 않는다.

아브라함 링컨

다른 사람의 인정과 칭찬에 매달리지 말고
자기 인생을 살아가라.

책 《너는 나에게 상처를 줄 수 없다》(베르벨 바르데츠키 지음, 걷는나무) 중에서

사랑이란 서로 마주보는 것이 아니라
둘이서 똑같은 방향을 내다보는 것이라고
인생은 우리에게 가르쳐 주었다.

생택쥐페리

나 혼자서는 따로 행복해질 수 없다.
원하든 원하지 않든
우리는 서로 연결되어 있기 때문이다.

달라이 라마

삶에 후회를 남기지 말고
사랑하는 데 이유를 달지 마세요.

책 《마법의 순간》(파울로 코엘료 지음, 자음과모음) 중에서

나태함,
그 순간은 달콤하나
결과는 비참하다.

작자 미상

기회는 노크하지 않는다.
그것은 당신이 문을 밀어 넘어뜨릴 때 모습을 드러낸다.

카일 챈들러

아무리 괴로운 시간이라 해도
한 시간은 60분을 넘지 않는다.

모리스 맨델

용기 있는 사람이 되기 위하여

글 유경민(직장인)

"여행은 사람을 순수하게 그러나 강하게 만든다."

2009년 가을, 순탄하다면 순탄하게, 성실하다면 성실히 살아왔던 내 삶에 물음표가 생겼다. "사회복지전공이면 당연히 사회복지사가 되어야겠지?"라는 단순한 정의로 대학생활을 하고, 4학년 여름 정말 운 좋게 사회복지법인에 취업을 했다.

그렇게 나는 내가 원했던 어른의 모습이 무엇이었는지 고민할 새도 없이, 2년 6개월 동안 그저 내 자리를 지키는 데 급급하며 살았다. 그때, 나에게 기적처럼 다가온 문구 하나.

"여행은 사람을 순수하게 그러나 강하게 만든다."

서양속담인 이 한 문장이 나에게 물음표를 던졌다. 인생이라는 긴 여행을 두고 봤을 때, 나의 여행 속에 용기가 있었을까? 갈림길에 최대한 서지 않으며, 실패할 확률이 적은, 늘 안정적인 길을 택하고 있었던 것은 아닐까?

24년 동안 제 기능을 하지 못하고 숨어 살았던 나의 결단력이 3개월 후 사표를 내게 했고, 그렇게 나는 호주 행 비행기에 올랐다. 하지만 생각과 달리, 1년 동안 쓸 짐들이 들어 있는 캐리어를 잃어버리고, 영어는 들리지 않아 애를 먹었다. 8월이었지만 한 겨울이었던 호주의 계절이 내 마음마저도 차갑게 만들었을 때, 나는 오히려 용기가 생겼다.

"옷이야 사면 돼지! 이렇게 아무것도 없이 시작해보는 것도 나쁘진 않을 것 같은데?"

우연히 알게 된 사람을 통해 공장일자리가 있다는 곳에 이력서를 들고 정말 무작정 찾아갔다. 가진 것이 없었기 때문에, 아무것도 정해진 것이 없었기 때문에 한국에서는 감춰놨던 용기가 자꾸 생겨났다. 그렇게 나는 일자리를 찾아간 지 2주 만에, 그 어렵다는 고기공장 일을 구했다.

타지에서의 공장 생활은 힘들었다. 하지만 즐거웠다. 10시간 동안 서서 일하는 고된 노동에 "내가 여기서 뭘 하고 있는 걸까?" 라는 물음을 던지기도 했지만 나에게 돌아오는 대답은 같았다. "경험하자. 이 모든 것이 나에게 더 큰 용기를 줄 것이다"

그렇게 나는 계절까지도 정반대인 멀고 먼 나라 호주에 점차 적응해갔다. 평생을 함께할 소중한 사람들을 만나고, 한국인보다도 더 나를 아껴주는 외국인 친구들을 만나고, 또 그 사람들을 통해서 조금 더 좋은 조건의 자리로 옮겼다.

란셀린. 퍼스에서 다시 북쪽으로 2시간 떨어진, 한국인이 단 한 명도 없던 그곳에서 나의 호주 생활의 2막이 시작되었다. 나는 당근 공장에서 포장하는 일을 했다. 호주에서 가장 큰 당근 농장을 보유한 그곳에서 6개월이라는 긴 시간을 보냈다. 가장 가까운 마트가 차로 한 시간, 그 흔한 패스트푸드점 하나 없었던 그곳에서 나는 매일 '또 다른 나'와 마주했다.

쏟아질 것 같은 밤하늘의 별, 물감으로는 그릴 수조차 없는 에메랄드 빛 바다, 언어와 피부색이 달랐던 외국인 친구들, 날이 갈수록 느는 나의 요리 실력까지…. 호주에 온 이후부터 나에게 단 하루도 어제와 같았던 오늘이란 없었다. 집을 구하지 못해 발을 동동 굴릴 때도, 차가 망가져 출근할 수 없었을 때도, 캥거루를 치는 사고에 울고 싶었을 때도, 일을 구하기 위해 매일 같이 인사담당자를 찾아갔을 때도. 나는 그만둘 수 없었다. 포기할 수 없었다. 호주 행 비행기를 오를 때 다짐했던 '목표'가 있었기 때문이다. 열심히 일하고, 열심히 공부하고, 열심히 여행하자!

1년으로 예정된 나의 호주생활은 2개월을 더 보태 또 한 번의 사계절을 경험하고, 열심히 번 돈으로 어학연수에 유럽여행까지 마치고 돌아왔다. 그리고 모두의 걱정과 우려를 물리치고 다시 취업을 해서 지금 행복한 사회복지사로 살아가고 있다. 사람들은 가끔 나에게 묻는다.

"어떻게 회사를 그만두고 호주에 갈 생각을 했어? 재취업이 걱정되지 않았어?"

"걱정되지. 하지만 도전할 수 있는 그 시간을 돈으로 살 수는 없어."

호주에서 돌아온 이후로도 나는 계속 여행 가방을 꾸린다. 지구본의 모든 나라를 가보고 싶은 욕심에, 내 통장은 언제나 가난하다. 하지만 누군가 나에게 일러주지 않았던가? 여행은 돈의 문제가 아니라 용기의 문제라고. 서른의 나, 2015년 7월 25일. 스물다섯에 품었던 그 용기를 다시 가지고, 나는 또 다시 호주 행 비행기에 오른다.

오늘의 특별한 순간들은
내일의 추억이다.

영화 〈알라딘〉 중에서

C

she said
"You
"Or r
He surv
Crows,
seed of t
other cl.
them in
know w
captive!
best if I
"Best
Brothers
Shagg
this not
will cho
"—an
you my
"Why
flat as a
"You
come su

세상은 고통으로 가득하지만
한편 그것을 이겨내는 일로도 가득 차 있다.

헬렌 켈러

세상엔 증오만 가득 찬 것 같지만 그렇지 않다.
사랑은 어디에나 있다.
아무리 사소해 보여도 사랑은 어디에나 있다.
부모, 자식, 부부 사이, 남녀 간, 오랜 친구 사이에도.
찾아보면 사랑은 우리 주변 어디에나 있다.

영화 〈러브 액츄얼리〉 중에서

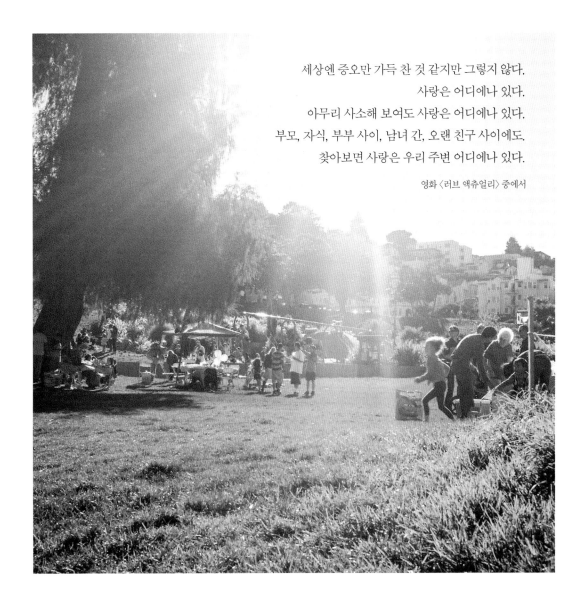

속도를 줄이고 인생을 즐겨라.
너무 빨리 가다 보면 놓치는 것은 주위 경관뿐이 아니다.
어디로 왜 가는지도 모르게 된다.

에디 캔터

훌륭한 요리 이전에 훌륭한 재료가 필요한 것처럼
소중한 사람들이 삶을 맛깔나게 해준다.

영화 〈라따뚜이〉 중에서

두려움은 당신을 가둬 두지만
희망은 당신을 자유롭게 한다.

영화 〈쇼생크 탈출〉 중에서

기회는 없어지지 않는다.
당신이 놓친 것은 다른 사람이 잡는다.

작자 미상

인생은 끊임없는 반복.
반복에 지치지 않는 자가 성취한다.

책《미생》(윤태호 글/그림, 위즈덤하우스) 중에서

친절히 대하라.
당신이 만나는 사람의 대다수는 지금
힘겨운 싸움을 하는 중이니까.

조 페티

103

99도까지 열심히 온도를 올려놓아도
마지막 1도를 넘기지 못하면 영원히 물은 끓지 않는다고 한다.
물을 끓이는 건 마지막 1도, 포기하고 싶은 바로 그 1분을 참아내는 것이다.
이 순간을 넘어야 다음 문이 열린다.

책《김연아의 7분 드라마》(김연아 지음, 중앙출판사) 중에서

그대를 꼭 안아주며
언제나 그 자리에 서 있는 산처럼
그대를 지켜주리라.

시 《단 한 사람만을》 중에서

당신을 웃게 만드는 이에게
화를 낼 수는 없어요.
그만큼 단순한 거예요.

제이 레노

명성을 쌓는 데는 20년이란 세월이 걸리지만,
명성을 무너뜨리는 데는 채 5분도 걸리지 않는다.
그걸 명심한다면, 당신의 행동이 달라질 것이다.

워런 버핏

인간은 어떤 정해진 쓸모의 존재가 아니라
가능성의 존재다.
반드시 뭐가 되기 위해 태어난 존재가 아니라
수많은 선택 앞에서 충분히 번민하고 방황할 수 있는 존재다.

책《젊은 날의 책 읽기》(김경민 지음, 쌤앤파커스) 중에서

네가 오후 4시에 온다면,
난 3시부터 행복해지기 시작할 거야.

책《어린왕자》(생텍쥐페리 지음, 인디고(글담)) 중에서

기쁨을 주는 사람만이
더 많은 기쁨을 즐길 수 있다.

알렉산더 뒤마

30분을 티끌과 같은 시간이라고 말하지 말고,
그 동안이라도 티끌과 같은 일을 처리하는 것이
현명한 방법이다.

괴테

자기 자신과 싸우는 일이야 말로
세상에서 가장 힘겨운 싸움이며,
자기 자신에게 이기는 일이야 말로
세상에서 가장 값진 승리이다.

로가우

이 또한 지나가리라.

솔로몬

순간을 사랑하라.
그러면 그 순간의 에너지가
모든 경계를 넘어 퍼져나갈 것이다.

코리타 켄트

사진은 흐르는 시간의 조각들이다.

윌리엄 클라인

115

우리가 할 수 있는 최선을 다할 때,
우리 혹은 타인의 삶에 어떤 기적이 나타나는지 아무도 모른다.

헬렌 켈러

진정한 자유

글 이연우(학생)

나는 중고등학생 때 늘 '기계를 잘 다루는 애'라고 불렸다. 주변 사람들이 기계로 어려움을 겪을 때마다 불려가 척척 해결해내고, 그런 경험이 차곡차곡 쌓이다 보니 그런 수식어가 붙게 되었는데 그러다 보니 공학계열의 일이 내가 잘 할 수 있는 것이라고 생각했다. 대학의 전공을 결정해야 하는 시기가 되어서도 별 어려움 없이 공학계열의 전공을 선택하여 진학했다.

그렇게 시작된 대학생활은 역시나 순조로웠다. 학과 수업에 충실하고, 시험기간 때 반짝 밤을 새가며 공부를 좀 열심히 하니 성적도 괜찮게 받았다. 그렇게 낮에는 학과 수업을 듣고 소속된 연구실에서 교수님의 연구를 돕고, 저녁에는 아르바이트를 하고, 주말에는 친구들과 만나 영화도 보고 카페에서 수다도 떠는 일상생활의 반복.

하지만 어느 순간부터 어딘지 모르게 이 생활이 불안하게 느껴졌다. 잠깐 찾아오는 여유도 제대로 즐길 수가 없게 되었고, 불안감으로 가득 차오르는 삶이 무채색처럼 느껴지기 시작했다. 그러자 모든 것이 부담으로 다가왔다. 그래서 나는 2학년 2학기가 시작되고 나서

한 달 만에 휴학을 신청했다.

여기저기서 물밀듯 밀려드는 부담감이 곧 스트레스가 되어 한 순간에 폭발해 홧김에 제출해버린 휴학신청서. 하지만 계획 하나 없이 휴학생활이 시작되고 나서도 나는 여유를 느낄 수가 없었다. 휴학하기 전에는 단순히 '연구실 생활에, 학과 생활에, 아르바이트에…, 시간이 없어서 여유를 느끼지 못했던 걸 거야'라고 생각했지만, 휴학해서 정작 아침부터 집에 가만히 누워 TV를 보고 있는데도 여유를 느끼질 못했다.

그렇게 휴학하고 두 달 정도가 지났을 때 우연히 〈황색 눈물(黃色い淚)〉이라는 일본 영화 한 편을 보게 되었다. 만화, 소설, 음악, 유화. 각기 다른 예술 분야에서 자신이 반짝반짝 빛나기를 원하는 네 명의 가난한 청춘들이, 뜨거운 여름날 우연히 같이 살게 되면서 본인의 꿈을 향한 열정을 쏟는 과정과, 잔혹한 현실에 부딪히는 과정을 담백하게 그려낸 영화이다.

이 영화 내용 중 내 인생의 전환점이 된 대사가 나오는 장면이 있다. 소재가 자극적인 만화들이 주류이던 시절, 아동만화가로서의 꿈을 이루기 위해 꿋꿋하게 창작에 열을 올리고 있던 에이스케. 에이스케는 갑자기 본인의 단칸방에서 시작된 세 친구와의 동거를 위한 생활비를 벌기 위해, 본인이 추구하는 방향이 아닌 만화의 어시스턴트 아르바이트를 하고 돌아온다.

그리고 돌아온 날 밤 세 명의 친구들에게 묻는다. "자유란 무엇일까?" 그때 유화를 그리는 화가지망생인 케이가 대답한다. "자유란 좋아하는 것을 좋아하는 만큼 하는 것이지. 에이스케 씨는 만화를, 류조 씨는 소설을, 쇼는 가요를, 나는 유화를."

그제야 나는 그동안 내가 왜 순탄하기만 한 학교생활에서 스트레스를 느꼈는지 깨닫게 되었다. '흥미'가 없었기 때문에. 그리고 그 '흥미'가 없어 '열정'을 쏟을 가치조차 느끼지 못했기 때문이다. 정확히 짜인 스케줄에 따라 움직이던 고등학교를 졸업하고 대학생이 되었는데 오히려 삶의 만족을 느끼지 못했던 것은, 바로 나에게 진정한 자유가 없었기 때문이었다.

내가 진정으로 좋아하는 것은 뭘까? 내가 마음껏 열정을 쏟을 수 있는 건 과연 뭘까? 그리고 나는 용기를 냈다. 과감히 진로를 바꾸었다. 졸업을 앞두고 있는 지금, 나는 공학계열이 아닌 전혀 다른 진로를 향해 달리게 되었다. 뒤늦게 찾은 그 진로에서 성공할 수 있을지 없을지 여전히 불안한 것투성이지만, 휴학했을 당시에 느꼈던 불안감들과는 전혀 다르다. 내가 진정으로 하고 싶은 것을 마음껏 하며 느끼는 자유로움이 불안감을 스트레스가 아닌 마음을 두근거리게 하는 기대감으로 바꾸었기 때문이다.

자유란 좋아하는 것을 좋아하는 만큼 하는 것.
(自由は好きなことを好きなようにやっていくこと.)

나는 이 대사 한 줄 덕분에 진정한 자유의 의미를 깨달음과 동시에 그 자유를 소중히 여길 수 있게 되었다. 그리고 즐거운 열정을 쏟고 있는 지금의 나를 기특하게 여기게 되었다. 보다 안정적으로 갈 수 있는 길은 포기했지만, 나는 그 어느 때보다 행복하고 자유로운 나날을 보내고 있다.

하루를
되돌아보는
시간

빛과 어둠의 경계에 놓인 시간. 밝았던 하늘이 어둠을 맞이하며 노을로 물들어 가듯, 나도 저녁을 맞이하기 위한 마음의 준비를 한다. 사람들은 각자의 하루를 마무리하며 집으로 발걸음을 옮긴다.

온종일 주위를 둘러볼 틈 없이 앞만 보며 달려갔다면, 저녁은 좀 더 멀리서 나와 내 주위를 찬찬히 살펴볼 수 있는 시간이다. 때로는 혼자 책을 읽으며 조용히 사색에 잠기기도 하고, 친구를 만나 지난 추억을 이야기하며 서로를 위로하기도 한다.

열심히 보낸 낮만큼이나, 저녁은 회복을 위해 중요한 시간이다. 짧게는 오늘 하루를, 길게는 지난날을 되돌아보며 내가 가는 길의 방향을 확인하고 조정해나간다.

집으로 가는 길, 나는 종종 아무 생각 없이 하늘을 바라보며 크게 숨을 쉬어본다. 하루를 가득 채웠던 고민과 걱정들은 잠시 내려놓고 흘러가는 시간을 고스란히 느끼며, 차분한 저녁을 맞이한다.

웃는 자가 승자일지니.

메리 페티본 풀

난 깨달았어.

모든 것은 결국 어느 정도는 '그러면 좀 어때'라는 것을.

오늘 할 일을 다 못했어.

그럼 어때. 차가 잘 안 나가. 그럼 어때.

부모님은 날 별로 사랑하지 않는 것 같아. 그럼 어때.

무슨 말인지 알겠지? 해방되는 기분이야!

세상을 바라보는 새로운 내 방식이 될 거야.

책 《키스 앤 텔》(알랭 드 보통 지음, 은행나무) 중에서

아메리카 원주민들은
어떤 말을 만 번 이상 되풀이하면
그 일이 반드시 이뤄진다고 믿었다.
당신이 늘 중얼거리는 말은 무엇인가?

아메리카 원주민 격언

걱정을 해서
걱정이 없어지면
걱정이 없겠네.

티베트 속담

그대의 길을 가라.
남들이 무엇이라 하든 내버려 두어라.

단테

희망이 없는 세상이란 없다.
다만, 희망을 잃은 몇몇 사람들이
그것을 믿을 뿐이다.

헬렌 켈러

태양 아래 모든 고통에는 구원이 있거나 없다.
있다면, 그것을 찾기 위해 노력하라.
없다면, 잊어버려라.

책 《카네기 행복론》(데일 카네기, 씨앗을뿌리는사람) 중에서

물이 깊어야 큰 배가 뜬다.
얕은 물에는 술잔 하나 뜨지 못한다.
이 저녁, 그대 가슴엔 종이 배 하나라도 뜨는가.

시 〈깊은 물〉

시화신곡《흔들리지 않고 피는 꽃이 어디 있으랴》(도종환 시/홍일표 그림, 알에이치코리아) 수록

놀이와 재미는 아이들만의 것이 아니죠.
어렸을 때만 놀고 재미를 느끼다가
어른이 되어서는 친지하게만 산다면 슬프지 않겠어요?

로산 보슈

힘내지 않아도 괜찮아.
힘을 내지 않아도 좋아.
자기 속도에 맞춰 그저 한 발 한 발 나아가면 되는 거야.

책《사랑을 주세요》(츠지 히토나리, 북하우스) 중에서

사랑에는 내일이 없다.

사랑하는 것, 용서하는 것, 가슴이 시키는 일을 미뤄서는 안 된다.

바로 지금 해야 한다.

내일이 아니라 오늘, 아니 지금.

책 《꿈이 그대를 춤추게 하라》(고도원, 해냄) 중에서

열심히 살았지만 뭘 했는지 모를 하루,
다들 잘 보내셨습니까?

책 《미생》(윤태호 글/그림, 위즈덤하우스) 중에서

내가 행복했던 곳으로 가주세요.

시 〈택시〉

정말로 내가 있어도 되는 장소가 어디일까 생각한 적도 있었다.
그러나 필요했던 것은 장소가 아니었다.
필요했던 것은 자신의 존재를 허용해주는 사람이었던 것이다.

책 《어둠 속의 기다림》(오츠이치, 북홀릭) 중에서

무한히 낙담하고 자책하는 그대여,
끝없이 자신의 쓸모를 자문하는 영혼이여.
고갤 들어라. 그대도 오늘 누군가에게 위로였다.

시 〈그대도 오늘〉 *

 이원 지음, http://www.poethwon.com

나중에 알찬 열매만 맺을 수 있다면
지금 당장 꽃이 아니라고 슬퍼할 이유가 없지 않은가.

시 〈험난함이 내 삶의 거름이 되어〉 중에서

사실은 지금도 나는
뭔가를 사랑하지 않는 사람들을 보면
이상하기만 하다.
그 모든 것들은 곧 사라질 텐데,
어떻게 사랑하지 않을 수 있을까?

책 《청춘의 문장들》(김연수, 마음산책) 중에서

위로란 '힘내'라고 말하는 것이 아니라
'힘들지'라고 묻는 것이다.

책 《비상》(양광모, 이룸나무) 중에서

141

언제까지 계속되는 불행이란 없다.

로맹 롤랑

나는 남들보다
더 많이 실패했고 더 많이 넘어졌다.
그럴 때마다 스스로 위안하고
다독이는 방법은,
그 과정들을 통해
내가 배운 점이 많다는 걸
일깨우는 것이었다.

책 《나는 참 괜찮은 사람이고 싶다》(정유선 지음, 예담) 중에서

143

슬픔이 다가온다

글 김가은(직장인)

만난 지 햇수로 4년 6개월이 넘어 서로를 다 안다고 생각했을 때쯤이었을까. 함께 하는 미래에 대해 도통 말을 꺼내지 않는 남자친구가 답답해 "우리 한 달만 떨어져 있어볼까, 너에 대한 확신이 필요해"라고 했던 내게 너는 그제야 "나는 너랑 떨어지기 싫어. 나 너랑 결혼하고 싶어" 했었다. 헤어지기 싫어 튀어나온 무의식적 말인 것 같아 그때 나는 그 말을 하는 네가 그렇게도 미웠다.

결국 우린 한 달간 떨어져 있게 되었고, 떨어져 있는 동안 남자친구는 슬픔을 품었다. '네가 어떻게 지내는지 정말 궁금하지만 나 네가 돌아올 때까지 기다릴게'라며 사귀는 동안 그렇게 받고 싶어 했던 손 편지를 다섯 장이나 써서 보냈다. 내가 좋아하는 레몬 맛 사탕과 함께.

이상하게도 헤어져 있는 동안 나는 하나도 슬프지 않았다. 한 달 동안 '너를 평생 따라나설 각오를 해야지'하면서 지냈고, 그 생각이 변치 않는 것을 보고 점점 확신이 들었다.

한 달 뒤, 만나자는 연락을 하는데 네 반응이 이상하다. "어떡하지. 나 그때 연차를 못 쓸 것 같아." 내가 알고 있던 너와는 참 많이 달랐고, 직감했다. '마음이 변했구나.'

일주일만 더 생각해보고 만나자던 네 말에 비수가 꽂히듯 마음이 아파서 일주일 동안 거의 잠을 자지도, 밥을 먹지도 못한 채 지냈고, 결국 일주일 뒤 만났을 땐 네 곁엔 이미 다른 사람이 있었다.

"한 달 동안 많이 울고 아프고 고민도 많이 했는데, 점점 기다리겠다는 마음이 식더라고. 그때쯤 다른 사람이 내게 다가왔어."

차분하게 내게 심정을 토로하는 네가 미웠다. 어떻게 이렇게 쉽게 변할 수 있을까 싶어 서글펐지만, 저렇게도 급히 떠나는 너를 보며 어쩌면 다른 사람과 있을 때 네가 더 행복할 수도 있겠다 싶었다.

네 반응처럼 그렇게 차분하게 떠나보냈지만 잊을 만하면 생각했던 추억, 미련 모든 것이 파도처럼 밀려와 나를 쓸어내려갔다. 다른 이의 손을 잡았지만 결국 네가 그렇게 좋아하던 내 손을 다시 잡아주겠지 하며, 내가 보고 있는 달을 너도 보고 있을 텐데 하며, 기다림을 기다리며 지냈다.

시간은 정처 없이 흘렀다. 1년이 넘어갈 때쯤 가장 좋아하는 책인 신경숙의《깊은 슬픔》을 우연히 집어들고서 그 구절을 읽은 그 자리에 주저앉아 한참을 울었다. 글쓴이의 글 속 주인공은 마치 내 옆에서 조곤조곤 속삭이듯 나에게 이렇게 말하고 있었다.

"누군가를 사랑한다 해도 그가 떠나기를 원하면 손을 놓아주렴. 떠났다가 다시 돌아오는 것. 그것을 받아들여. 돌아오지 않으면 그건 처음부터 너의 것이 아니었다고 잊어버리며 살 거라."

　지금은 모르는 사람보다 더 모르는 사람이 되어버렸지만, 나, 네가 언젠가 한번쯤 정말 좋아 보이는 얼굴을 하고 내게 잘 지내냐고 물어본다면 정말 그때부터 잘 지낼 수 있을 것 같아. '너를 만나고 나서 나 요즘 완전 행복하잖아. 너무 뜬금없긴 한데 진짜야. 몸은 힘들어도 마음만은 늘 행복하고, 감사해' 라고 말하던 네 생각을 하면 아직까지도 나는 항상 울게 돼.

친한 사이 안에서 부는 바람은 더 쓸쓸하다.
사랑하고 친한 사람인데
온통 마음을 다 열지 않고 벽을 두는 것을 발견하거나
자기 이익만을 위해서 계산하는 것을 알게 될 때
그때가 오뉴월이라도
마음이 얼어붙게 되는 것이다.

시 〈그대에게 줄 말은 연습이 필요하다〉* 중에서

시집 『그대에게 줄 말은 연습이 필요하다』(신달자 지음, 자유문학사) 수록(현재 절판)

그리움만으로 동동 발 구르기보다
기다림을 만남으로 바꾸어
그대의 품속에 파고들어
사랑만 했으면 좋겠다.

시 〈가슴앓아도 가슴앓아도〉* 중에서

시림(독자들이 가장 좋아하는) 용혜원의 시 (용혜원 지음, 나무생각) 수록

나는 배웠다.
사랑하는 사람들에게는
언제나 사랑의 말을 남겨 놓아야 한다는 것을.
어느 순간이 우리의 마지막 만남이 될지
아는 사람은 아무도 없다.

오마르 워싱턴, 시 〈나는 배웠다〉 중에서

어떤 기쁨은 내 생각보다 더 빨리 떠났고
어떤 슬픔은 더 오래 머물렀지만
기쁨도 슬픔도 결국에는 모두 지나갔다.
그리고 이젠 알겠다.
그렇게 모든 것들은
잠시 머물렀다가 떠나는 손님들일 뿐이니.
매일 저녁이면 내 인생은 다시 태어난 것처럼
환한 등을 내걸 수 있으리라는 걸.

책《청춘의 문장들》(김연수 지음, 마음산책) 중에서

흘러갈 거예요.
모든 힘든 순간은. 바로 저 강물처럼.

마포대교 생명의 다리

오늘은 언젠가 추억이 될 것이고
당신은 아이들의 손을 쓰다듬으며 들려줄 것입니다.
누구보다 용감하고 결코 포기하지 않았던 당신의 인생을.

마포대교 생명의 다리

길이 너무 실없이 끝나버린다고 허탈해 할 필요는 없어.
방향만 바꾸면 여기가 또 출발이잖아.

영화 〈가을로〉 중에서

저녁 때 돌아갈 집이 있다는 것,
힘들 때 마음속으로 생각할 사람이 있다는 것.
외로울 때 혼자 부를 노래가 있다는 것.

시 〈행복〉* 중에서

시집 〈버럭거리 깔다구대주 짐승, 지한생가〉 수록

70년대 음악에, 80년대 영화에
촌스럽다는 비웃음을 던졌던 나를 반성한다.
그 음악들이 영화들이 그저 음악과 영화가 아닌
당신들의 청춘이었고 시절이었음을
이제 더 이상 어리지 않은 나이가 되어서야 깨닫는다.

드라마 〈응답하라 1994〉 중에서

누군가의 삶은
누군가에겐 풍경이 된다.

책 《여행자의 독서》(이희인 지음, 북노마드) 중에서

사소한 일이
우리를 위로한다.
사소한 일이
우리를 괴롭히기 때문에.

파스칼

작별 인사에 낙담하지 마라.
재회에 앞서 작별은 필요하다.
그리고 친구라면 잠시 혹은 오랜 뒤에도
꼭 재회하게 될 터이니.

리처드 바크

노동 뒤의 휴식이야말로
가장 편안하고 순수한 기쁨이다.

칸트

인간의 가장 오래된 욕구 가운데 하나는
밤늦게까지 집에 돌아가지 않을 때
나를 걱정해 줄 누군가를 갖는 것이다.

마거릿 미드

걱정은 내일의 슬픔을 덜어 주는 것이 아니라,
오늘의 힘을 앗아갈 뿐이다.

코리 덴 붐

오늘따라 네가 너무 보고 싶다 생각했는데,
다시 생각해보니까 너는 항상 보고 싶었다.

책《생각이 나서》(황경신 지음, 소담출판사) 중에서

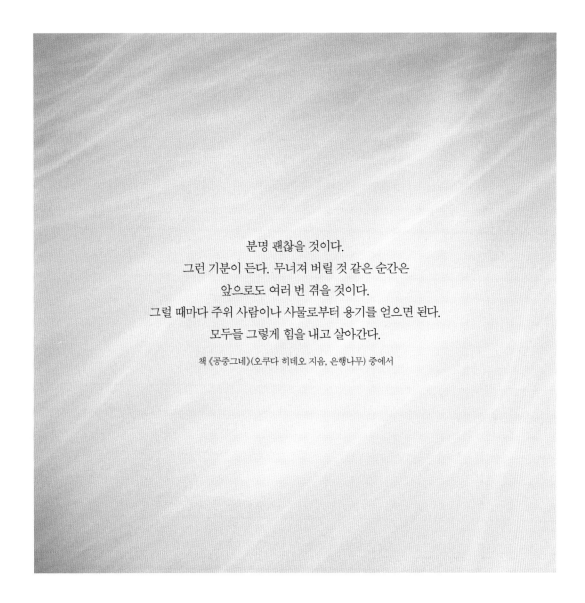

분명 괜찮을 것이다.
그런 기분이 든다. 무너져 버릴 것 같은 순간은
앞으로도 여러 번 겪을 것이다.
그럴 때마다 주위 사람이나 사물로부터 용기를 얻으면 된다.
모두들 그렇게 힘을 내고 살아간다.

책 《공중그네》(오쿠다 히데오 지음, 은행나무) 중에서

행복의 문 하나가 닫히면,
다른 하나의 문이 열린다.
그러나 우리는 대개 닫힌 문들을 멍하니 바라보다가
우리를 향해 열린 문을 보지 못한다.

헬렌 켈러

지나고 나면 결국은
다 웃어넘길 수 있는 것들.

찰리 채플린

모든 날이 눈 비 내리고 바람만 불지 않듯
인생이 늘 춥거나 쓸쓸하진 않겠지.
언젠가 나도 햇빛 잘 드는 창가에 앉아
그때는 왜 그렇게 힘들어했을까,
마음 가볍게 웃을 날도 오겠지.

시 〈사는 법〉 중에서

"정말 많이 괴로웠겠어요."

이 말을 듣는 순간 유토의 눈에서 눈물이 흘러나왔다.
응, 나는 괴로웠던 거구나.
그렇게 생각할 때마다 눈물이 나왔다.
괴롭다는 감정조차 봉쇄하고 있었던
자신이 불쌍해서 계속 눈물이 나왔다.

책 《길 잃은 고래가 있는 저녁》(구보 미스미 지음, 포레) 중에서 가끔 내가 물어보기 전에 누가 먼저 말해주면 좋겠다.
거짓말이라도 좋으니까
넌 참 잘하고 있다고, 지금처럼만 계속 하라고.

책《혼자인 내가 혼자인 너에게》(성수선 지음, 알투스) 중에서

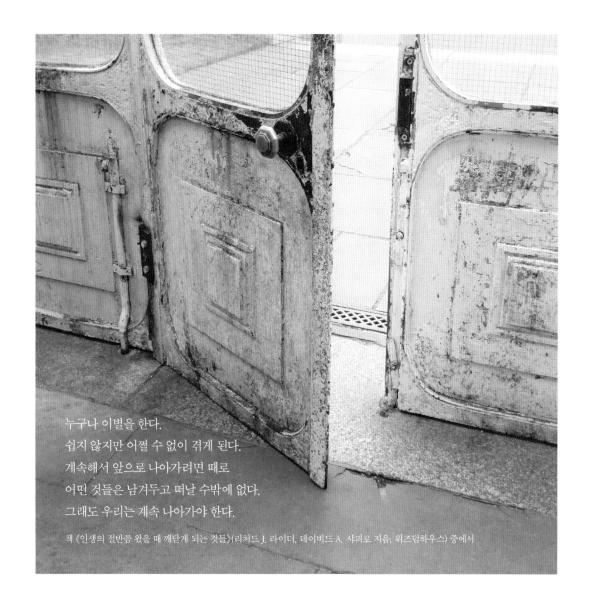

누구나 이별을 한다.
쉽지 않지만 어쩔 수 없이 겪게 된다.
계속해서 앞으로 나아가려면 때로
어떤 것들은 남겨두고 떠날 수밖에 없다.
그래도 우리는 계속 나아가야 한다.

책 《인생의 절반쯤 왔을 때 깨닫게 되는 것들》(리처드 J. 라이더, 데이비드 A. 샤피로 지음, 위즈덤하우스) 중에서

좋았던 것을 더 오래 많이 기억해야 해요.
누구보다도 우리 자신을 위해서 말예요.

책 《그래도, 사랑》(정현주 지음, 중앙북스) 중에서

삶의 의미를 찾다

***

글 박현진(대학생)

Le vent se lève! il faut tenter de vivre

바람이 분다, 살아야겠다.

폴 발레리, 〈해변의 묘지〉

올해 스물넷인 저는 어릴 때부터 얼굴에 생기는 아토피로 고생했습니다. 어머니 말에 의하면 초등학교 2학년이 되었을 무렵에는 두피까지 피와 진물로 상태가 엉망이었고, 밤마다 아토피와 씨름하느라 1년 정도 학교를 쉴까 고민까지 했었다고 합니다. 나이가 들어가면서 점차 아토피가 덜해지는가 싶더니 작년 이맘 무렵부터 다시금 재발하게 되었습니다.

어렸을 때는 멋모르던 시절이기에 아토피로 마치 화상을 입은 듯한 나의 얼굴이 그렇게 크게 와 닿지 않았습니다. 게다가 어린아이기에 주변사람들도 상처가 되는 말은 하지 않아서 사실 그 시절에는 그렇게 마음이 아프진 않았던 것 같습니다. 그러나 작년, 그 지옥 같던 아토피가 다시금 얼굴에 피어났을 때는 정말이지 세상을 등지고 싶을 정도로 마음이 걸레짝이 되었습니다.

눈가는 짓물러서 진물이 나오고 밤사이 나도 모르게 긁다가 통증을 호소하며 새벽녘에 깨고, 찬물을 끼었으면 긁힌 상처에서 쓰라림과 더불어 왈칵 터져 나오는 눈물의 연속. 그리고 그걸 지켜봐야만 하는 어머니까지.

겨우 한의원을 다니며 치료를 받는 동안, 아토피는 정말 조금씩 가라앉기 시작했습니다. 복학을 늦출 수 없어 다시 학교를 다니는 중에도 한의원은 2주에 한 번씩 꼬박꼬박 나갔고, 약도 매일 복용했습니다. 정말이지 삶이 이렇게 부질없나 싶은 기간이었습니다. 몸은 조금씩 낫고 있지만, 여전히 마음의 상처는 낫지 않고 있었기 때문입니다.

그러나 저는 지난 3월, 드라마 〈킬미 힐미〉에서 17세 고등학생으로 나오는 요섭이라는 인물이 나지막이 원어로 읽은 시, "바람이 분다, 살아야겠다"라는 말을 봤습니다. 머릿속에서 잠시 정전이 일어난 듯한 충격을 받았습니다. 항상 자살을 시도하고, 죽기만을 바라던 인물인 요섭이가, 바람이 분다고 살아야겠다고 했기 때문입니다.

그래서 그 시를 찾아보니 폴 발레리의 해변의 묘지라는 것을 알게 되었고, 시의 한 구절 한 구절이 마음의 상처를 덮어주었습니다. 때때로 음악이나 글들이 큰 힘이 되어준다고들 하는데, 저는 이 시에서 가슴 한쪽이 따뜻해지는 것을 느낄 수 있었습니다. 그리고 저는 좀 더 당당하게 세상에 맞설 수 있었습니다. 그동안 아토피로 인해 땅만 보고 걸어가던 습관도 차츰 고치게 되었습니다. 무엇보다 사람의 눈을 보고 이야기하는 것이 큰 어려움이었는데 현재는 완벽하게는 아니지만 어느 정도 상대를 바라보며 소통할 수 있게끔 변화를 맞이했습니다.

남들이 보기엔 사소한 부분이지만, 제 자신에게 있어서는 큰 변화였습니다.

폴 발레리 시의 모든 구절을 다 외우진 못하더라도 "바람이 분다, 살아야겠다" 이 말은 늘 기억할 것 같습니다. 또, 한창 예쁠 시기인, 그리고 무엇을 해도 예쁜 나의 20대라는 페이지를 이깟 아토피라는 한낱 바람에 휘날려질 수는 없다는 것도 말입니다.

밤

고독이
주는
선물

밤은 우리에게 어떤 모습을 하고 있을까.

고단한 하루를 마치고 나면 조용히 기다리고 있던 밤은 늘 한결같은 모습으로 우리를 맞이한다. 일과 역할에 치여 혹은 슬픔에 휩싸여 밤을 맞이하는 어떤 이에게 밤의 시간은 고통이고 절망일 수 있으나 밤이 선사하는 고독의 경험은 자신을 찾게 하는 휴식과 회복의 힘을 가진다.

세상 속에서의 꼿꼿함을 내던지고 오롯이 나에게 집중할 수 있는 시간. 밤이 주는 자유는 낮 동안 일어났던 모든 일을 휘젓고 뒤섞어 새로운 것들을 만들어내고, 무의식적으로 지나갔던 많은 순간의 의미를 일러준다.

오늘도 눈을 감고 자리에 누워 생각에 잠긴다. 목표와 정상을 향해, 뒤처지지 않고 살아남기 위해 발버둥 쳤던 모든 강박과 긴장을 벗어내고 다시 깊은 곳에 있던 꿈을 꺼내본다. 상처와 외로움도 따뜻하게 감싸주는 밤이 있으니까.

우리의 하루하루가 또다시 반복되는 고통의 연속일지라도, 한결같이 찾아오는 밤의 하늘엔 수많은 별이 자리를 지키며 반짝이고 있을 것이다.

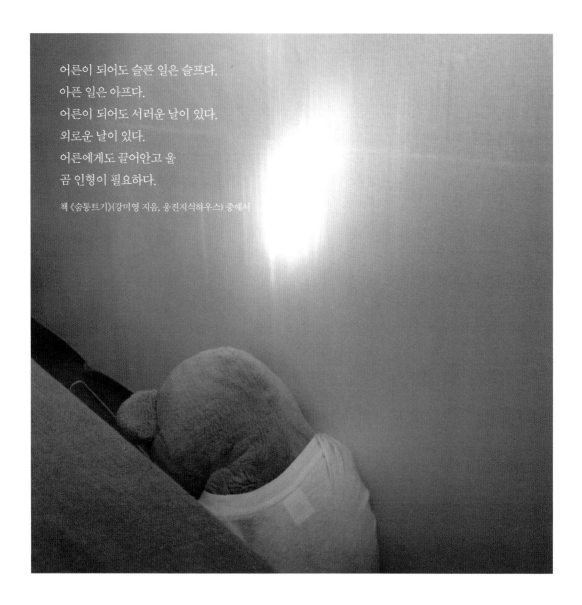

어른이 되어도 슬픈 일은 슬프다.
아픈 일은 아프다.
어른이 되어도 서러운 날이 있다.
외로운 날이 있다.
어른에게도 끌어안고 울
곰 인형이 필요하다.

책 《숨통트기》(강미영 지음, 웅진지식하우스) 중에서

모든 사람이 다 너를 좋아할 수는 없다.
너도 싫은 사람이 있듯이 누군가가 너를 이유 없이 싫어할 수 있다.
그렇다고 해서 네가 달라지는 것은 아니다.
그런 상황도 받아들일 수 있어야 한다.
항상 너는 너로써 당당하게 살아가야 한다.

책 《나의 선택》(안철수 등저, 정음)에서 김형모의 글 중에서

모든 사람들은
자신의 이야기를 들어줄
누군가를 원한다.

휴 엘리어트

당신 생각을 많이 해요,
아침에도, 낮에도, 저녁에도, 밤에도,
그리고 그 사이의 시간과
그 바로 앞, 바로 뒤 시간에도,

책《새벽 세시 바람이 부나요》(다니엘 글라타우어 지음, 문학동네) 중에서

삶은 계속되고 아직 꿈꿀 시간은 많다.
후회가 꿈을 대신하는 순간부터 우리는 늙기 시작한다.

책 《마흔의 서재》(장석주 지음, 한빛비즈) 중에서

당신은 움츠리기보다
활짝 피어나도록 만들어진 존재입니다.

오프라 윈프리

울지 마라.
외로우니까 사람이다.
살아간다는 것은 외로움을 견디는 일이다.

책《수선화에게》(정호승 지음, 비채) 중에서

잠거 죽어도 좋으니
너는 물처럼 내게 밀려오라.

시 〈낮은 곳으로〉* 중에서

타는 가슴이야 내가 알아서 할 테니
길 가는 동안 내가 지치지 않게
그대의 꽃향기 잃지 않으면 고맙겠다.

시 〈동행〉 * 중에서

저의 목소리가 노크를 할 때
벽이 아닌 문이 되어줘서 고마워요.

타블로

그대에게서 나온 것은
그대에게로 돌아간다.

맹자

내가 외로울 때 누가 나에게 손을 내민 것처럼
나 또한 나의 손을 내밀어 누군가의 손을 잡고 싶다.
그대여 이제 그만 마음 아파하렴.

시 〈조용히 손을 내밀었을 때〉* 중에서

당신에겐 마침표가 아니라
쉼표가 필요할 뿐이에요.

마포대교 생명의 다리

190

아직, 가장 빛나는 순간은 아직 오지 않았다.
가장 뜨거운 순간은 아직 오지 않았다.
가장 행복한 순간은 아직 오지 않았다.
아직 오지 않은 것은 너무도 많다.

마포대교 생명의 다리

웃기면 그냥 웃으면 되고
슬프면 그냥 슬퍼하면 되고
좋으면 그냥 좋은 대로 즐기면 되는 건데
그게 어려워서 나는 참 많은 것들을 제대로 느끼지도 못한 채,
제대로 즐기지도 못한 채 흘리듯 놓쳐버린 거다.
그 많은 좋은 책, 좋은 영화, 좋은 음악,
그리고 좋은 사람들을.

책 《나는 아직 어른이 되려면 멀었다》(강세형 지음, 김영사) 중에서

어떻게 말할까 하고 괴로울 때는
진실을 말하라.

마크 트웨인

우리는 친해졌고 가까워졌고 익숙해졌다.
그리고 딱 그만큼 미안함은 사소해졌고 고마움은 흐릿해졌다.

드라마 〈응답하라 1994〉 중에서

가족을 무릅쓰고 환경을 이겨내어
마침내 이뤄낸 꿈이란 폼 나는 법이다.
대부분의 우린, 내 사랑하는 이들을
차마 밟고 넘어설 수 없어
끝내 스스로 꿈을 내려놓고 만다.
하지만 괜찮다.
우리에겐 꿈만큼이나 사람도 소중했을 뿐이다.
내 사랑하는 사람을 위해 나를 바꾸는 결단.
꽤 괜찮고 폼 나는 일이다.

드라마 〈응답하라 1994〉 중에서

195

누군가를 좋아하면
시간은 둘로 나뉜다.
함께 있는 시간과
그리고
함께 있었던 시간을
떠올리는 시간.

책 《소년을 위로해줘》(은희경 지음, 문학동네) 중에서

인생에서 가장 슬픈 세 가지.
할 수도 있었는데, 했어야 했는데, 해야만 했는데.

루이스 E. 분

슬픔이 머문 자리

글 김서율(주부)

우리는 그 슬픔을 다 슬퍼한 다음 거기에서 뭔가를 배우는 것뿐이고
그렇게 배운 무엇도 또다시 다가올 예기치 못한 슬픔에는 아무런 소용이 없다.

무라카미 하루키,《노르웨이의 숲》

인생의 시련이든, 사랑의 실연이든 갑자기 세상이 까맣게 정전이 되는 순간들이 있었습니다. 그럼 그때마다 좌절하거나 슬퍼하지만 이내 마음을 가다듬고 "이 또한 지나가리라", "시간이 약이다"를 떠올리며 마음을 다스렸습니다.

그렇게 해온 지 어림잡아 수십 번, 아니 수백 번. 이젠 웬만한 일에는 끄떡없는 어른이 되고 있던 거죠. 이제는 좀처럼 절망하지 않고 무던하게 모든 걸 받아들일 수 있다고 생각이 들었을 때쯤, 사랑하는 가족의 예기치 못한 죽음, 가정의 불화, 오래된 연인과의 이별…. 그로 인해 무기력하게 내팽개쳐버린 직장, 동생의 큰 병까지.

몇 년 사이 안 좋은 일들이 한꺼번에 나에게 들이닥치니까 모든 것들이 물거품이 되었습니다. 신은 그 사람이 감당할 수 있을 만큼 고통과 슬픔을 준다했는데 날 너무 과대평가한 거 아닌가 생각하며 원망했습니다.

슬픔은 연습한다고 마음이 무뎌지는 게 아니란 걸 깨달았습니다. 자꾸 슬픈 일이 많아서 이정도 힘들면 이젠 괜찮을 거라고 생각했던 저를 비웃기나 하듯 슬픔에는 같은 슬픔이 없더라고요. 그때쯤 인터넷에 떠돌아다니던 이 글귀를 발견하고 깨달았죠. 삶에 지치고 힘든 순간이 찾아왔을 때 우린 슬퍼하며 뭔가를 배울 뿐, 슬픔엔 예습, 연습이 없다는 것. 아무리 단련시켜도 또다시 닥쳐올 시련에는 아무런 대책이 없다는 것을요.

괜찮다. 모든 게 다 무너져도 괜찮다.
너는 언제나 괜찮다.
당신의 상처보다 당신은 크다.

책 《당신으로 충분하다》(정혜신 지음, 푸른숲) 중에서

죽고 싶다는 말은, 거꾸로 이야기하면
이렇게 살고 싶지 않다는 거고,
이렇게 살고 싶지 않다는 말은
다시 거꾸로 뒤집으면 잘 살고 싶다는 거고….
그러니까 우리는 죽고 싶다는 말 대신
잘 살고 싶다고 말해야 돼.

책 《우리들의 행복한 시간》(공지영 지음, 오픈하우스) 중에서

이 슬픈 세상에서 슬픔은
누구에게나 찾아온다.
슬픔을 완전히 해소할 수 있는 방법은
시간밖에 없다.
사람들은 시간이 지나면
괜찮아질 것이라는 사실을
당장에 깨닫지는 못한다.
그러나 이것은 실수다.
우리는 반드시 다시 행복해진다.

에이브러햄 링컨

음악은
인생의 어두운 밤을 비춰주는
한 줄기 달빛이다.

장 폴 리히터

오늘은 아무 생각 없고
당신만 그냥 많이 보고 싶습니다.

시 〈푸른 하늘〉* 중에서

 시집《그대, 참 좋다》사랑과 김용택 지음, 푸른숲》수록

당신, 참 애썼다.
사느라, 살아내느라. 여기까지 오느라 애썼다.
부디, 당신의 가장 행복한 시절이
아직 오지 않았기를 두 손 모아 빈다.

책 《도시에서 살며 사랑하며 배우며》(정희재 지음, 걷는나무) 중에서

어느 생인들 아프지 않으며
어느 생인들 아름답지 않을까.

시〈쇠별꽃〉*

시집《풀이 칼》 김미옥 지음, 에세이문학춘판부 수록

머릿속에 온통 코끼리뿐일 때
코끼리 생각을 멈추는 방법은,
코끼리를 생각하지 않으려 애쓰는 게 아니라
목을 길게 뺀 '기린'을 생각하는 것이라는 사실.

책 《교토, 그렇게 시작된 편지》(김훈태 지음, 북노마드) 중에서

험담은 세 사람을 죽인다.
말하는 자, 험담의 대상 자, 듣는 자.

미드라시

그대에게 보낸 침묵이
서로를 문 닫게 했음을.
내 안에 숨죽인 그 힘든 세월이
한 번도 그대를 어루만지지 못했음을.

시 〈새벽에 용서를〉* 중에서

시집《삶이 자꾸 아프다고 말할 때》(김재진 지음, 꿈꾸는서재) 수록

별을 보려면
어둠이 꼭 필요하다.

책《내 인생에 힘이 되어준 한마디》(정호승 지음, 김영사) 중에서

내 슬픔 하나를 두고,
그것에 정신이 팔려,
그것으로 모든 것을 정당화시킨 채로
우리는 또 얼마나 남의 상처를 헤집는 것일까.

책 《즐거운 나의 집》(공지영 지음, 폴라북스) 중에서

끝이 좋아야 시작이 빛난다.

마리아노 리베라

누군가를 생각하지 않으려고
애를 쓰다 보면
누군가를 얼마나 많이
생각하고 있는지 깨닫게 된다.

책《생각이 나서》(황경신 지음, 소남출판사) 중에서

새벽 4시에 전화를 걸 수 있는 친구라면
중요한 친구이다.

마를렌 디트리히

나는 아름다운 꿈도 꾸었고 악몽도 꾸었으나
아름다운 꿈 덕분에 악몽을 이겨낼 수 있었다.

조너스 소크

수면은 피로한 마음에
제일 좋은 약이다.

미겔 데 세르반테스

보람 있게 보낸 하루가
편안한 잠을 가져다주듯이
값지게 쓰인 인생은
편안한 죽음을 가져다준다.

레오나르도 다빈치

마음껏 울어라. 마음껏 슬퍼하라.
진정 슬픈 일에서 벗어날 유일한 길이니.
두려워 말고, 큰 소리로 울부짖고 눈물 흘려라.
눈물이 그대를 약하게 만들지 않을 것이다.

메리 캐서린 디바인, 시 〈마음껏 울어라〉 중에서

가끔은 생각이 나서 가끔 그 말이 듣고도 싶다.
어려서 아프거나 어려서 담장 바깥의 일들로
데이기라도 한 날이면 들었던 말.
자고 일어나면 괜찮아질 거야.

시 〈새날〉 * 중에서

우리가 살아가면서 하는 모든 일은
좀 더 사랑받기 위해서가 아닐까.

영화 〈비포 선라이즈〉 중에서

220

날이 밝기 직전이 가장 어둡다.

로이 풀러

아름다운 다짐

글 송소연(KOICA 90기 일반봉사단원)

아침마다 눈을 뜨면 환한 얼굴로

어려운 일 돕고 살자 마음으로

다짐하는 나는 그런 사람이 되고 싶다

박목월, 〈아침마다 눈을 뜨면〉

몇 년 전, 저는 유치원 교사로 근무한 햇병아리 초임교사였습니다. 천사 같은 아이들을 보듬으며, 주는 사랑보다 더 큰 사랑으로 보답해주는 아이들 덕분에 큰 행복을 느꼈습니다. 제가 처음 담임을 맡은 반은 내년이면 초등학교에 입학할 일곱 살 아이들이었습니다. 일년간 교육안을 작성하며 지금 우리 아이들에게 가장 필요한 교육은 인성교육이라는 생각이 들었습니다. 일찍이 여러 학원들을 바쁘게 오고가며 영어 단어를 외우게 하고 곱셈 나눗셈을 알려준다 해서 참다운 어른으로 성장하는 것은 아닐테니까요. 내가 가진 것을 대가없이 나누고 약

한 친구의 부족함을 채워준다는 것에 서투르고 인색한 아이들에게 저는 베풂의 미덕과 나눔의 기쁨을 가르쳐주고 싶었습니다. 나 자신을 사랑하고 소중히 여길 수 있다면 내가 아닌 다른 무언가도 똑같이 생각해줄 수 있다는 것을 아이들은 이해했습니다. 그 무언가에는 사람뿐만이 아니라 동물이나 식물이 될 수도 있고 바다, 하늘과 같은 모든 자연이 포함되어 있죠.

문명이 발달하면서 이토록 편리하고 좋은 세상에 인간은 자꾸만 소외되어 갑니다. 개인을 외치던 이 사회는 우리에게 마음의 병을 안기고, 돌보지 않은 자연은 신종 바이러스들을 만들어 내며 인간을 위협하고 있습니다. 우리 아이들이, 그리고 이 아이들의 후손들이 마주할 세상은 과연 어떤 모습을 하고 있을지 생각하면, 마음이 무거워집니다.

박목월 시인의 〈아침마다 눈을 뜨면〉에서는 '사는 것이 온통 어두움인데 / 세상에 괴로움이 좀 많으랴 / 사는 것이 온통 괴로움인데'로 첫 연이 시작됩니다. 그리고 시인은 말합니다. 서로가 서로를 도우며 보살피고 위로하고 의지하며 산다면 오늘 하루가 왜 괴롭겠느냐고.

참으로 당연한 말이지만 읽을 때마다 숙연해집니다. 지금 현재 우리네 하루가 괴롭고 외로운 이유를 우리 자신들은 잘 알고 있으니까요. 그렇기에 자꾸만 자꾸만 이 시를 읽어 내려가 봅니다. 정다운 눈으로 건너보고 마주보고 바로보고 살아가기를 바라는 마음으로.

저는 현재 몽골이라는 나라의 동쪽 끝 지방에서 시골 아이들과 지내고 있습니다. 도움의 손길이 전해지기 어려운 이웃 나라의 어린이들과도 따뜻함을 나누고자 작년 KOICA 봉사단원의 임무를 맡게 되었죠. 2년이란 기간 동안 배정된 개발도상국가에 파견되어 현지인들과 함께 살아갑니다. 저는 시내에서도 멀리 떨어져 있는 작은 유치원에 출퇴근을 하며 서툰

몽골어로 다양한 수업을 진행하는 중입니다.

어느덧 몽골에서 지낸 시간도 1년이 흘렀습니다. 기후도 음식도 맞지 않는 낯선 나라에서 홀로서기란 결코 쉽지 않은 일이었습니다. 타지에서 겪는 설움과 외로움은 때때로 저를 무너뜨렸고, 작은 방안에서 매일같이 홀로 눈 떠야 하는 고요한 아침이 낯설었습니다. 그렇게 향수병에 젖어 있을 때 아침마다 눈을 뜨며 다짐하자던 시 구절이 다시 한번 제 가슴을 두드렸습니다. 그리고는 제가 만난 이곳의 아이들 얼굴이 하나둘씩 떠오르며 저를 일으켜 세워주더군요. 언어는 통하지 않아도 제게 전해져오는 아이들의 행복이 백 마디 천 마디 말보다 더 값지고 소중했습니다.

아이의 웃음은 티 없이 맑습니다. 우리는 이 또한 모두 알고 있습니다. 아무리 어둠이 가득한 세상일지라도 아이들의 환한 미소는 빛과 같아서 그 어둠을 걷어내고 만다는 것을.

이제는 아침에 눈을 뜨며 날마다 새로운 기쁨을 맞이하려 노력해봅니다. 나에게 주어진 하루를 아름다운 다짐으로 시작할 수 있다는 것에 감사하면서요. 그리고 또 오늘은 아이들이 어떤 웃음을 보여줄지 기대하며 설레는 아침을 시작합니다.

지금 당신이 주연인
당신의 영화도
멋진 해피엔딩으로 끝나기를.

마포대교 생명의 다리

모두의
한 줄

시간과 사라져가는 것들을 붙잡는 것은 사진이라는 매체가 가진 큰 힘일 것입니다. 일상 속의 작은 아름다움에, 때로는 놀라움에, 마음의 울림에 반응하며 셔터를 눌렀던 순간의 조각들이 모여 흘러갔던 생각과 시선이 이미지로 남겨집니다. 누군가의 사진을 보며 세상 저편의 누군가가 나와 같은 것들에 반응하고, 때로는 같은 감정을 갖는다는 사실을 깨닫는 것은 그 자체로 서로에게 어떤 말보다 따뜻한 위로가 됩니다. '하루에 한줄'을 통해 만나고 소통한, 힘이 되어준 모든 분들께 진심으로 감사드립니다.

_ 김정인

이 책에 실린 사진 중에, 찍던 당시를 생각하면 혼자 쓸쓸한 감정에 빠지게 되는 사진이 있습니다. '하루에 한줄' 페이지에 그 사진이 올라왔을 때, 마침 함께 올라온 글귀가 제게 큰 위로가 되었습니다. 한 장의 사진과 한 줄의 글귀를 통해 공감하고 위로해 주는 역할을 한다는 것도 작업을 하는데 큰 보람이었지만, 스스로 독자의 입장에서 위안을 얻을 때 제가 하는 이 일의 작고도 큰 영향력을 실감하게 됩니다.

어쩌면 이 책의 사진과 글귀들은 하나가 가진 힘이 그리 크지 않을 수도 있습니다. 하지만 서로 알지도 못하는 누군가 건네는 사소한 한마디의 위로가 누군가에겐 정말 큰 힘이 될 수도 있다고 생각합니다. 혼자가 된 기분이 들 때, 제가 혼자가 아닌 것처럼 다독여 주던 하나의 글귀처럼, 이 책을 읽는 독자 분들께 저의 사진이 한 장이라도 가슴 깊이 박혀 잔잔한 위로가 되어줄 수 있기를 바랍니다.

_ 김영혜

어려운 상황 속에 있을 때면 나만의 기준이 흐려지고 무너지는 순간들이 있습니다. 그럴 때, 중심을 잡고 다시 움직일 수 있는 용기를 주는 것은 소중한 이들의 이해와 위로의 말이 아닐까 생각합니다. 몸과 마음이 쉽게 지치는 일상 중에, 하루하루 올라오는 사진과 글을 보면서 미소 짓기도 하고 깊은 생각에 잠기며 용기를 얻기도 했습니다. '하루에 한줄'은 저에게 그런 친구 같은 페이지입니다.

지극히 사적인 감정으로 카메라에 담은 사진이 좋은 글을 만나서 공개될 때, 하나의 마음으로 공감해주시는 많은 분들을 보며 따뜻함도 느꼈습니다. 그 따뜻함을 동력으로 일상의 티끌 같은 감정들이 모여 사진이 되었고, 그 사진이 모여 이렇게 책이 되었습니다. 2년의 시간 동안 '하루에 한줄'을 통해 맺은 소중한 인연과 그들을 통해 얻은 단단한 힘에 감사하며, 저의 사진이 이 책을 읽는 분들에게 즐거움과 용기가 되었으면 좋겠습니다.

_ 방지민

수 없이 많은 이미지와 정보들이 너무나도 가볍게 스쳐지나가는 시대. 스크롤을 따라 미끄러지듯 쉽사리 사라져버리는 이야기 중에, 오늘 하루 우리의 시선을 머물게 하고 생각하게 만드는 컨텐츠는 몇 가지나 있을까요. 보고 있던 휴대폰을 잠시 내려놓고, 오롯이 사유하는 시간을 갖는 것이 얼마나 쉽고도 힘든 일인지! 그런 저에게 '하루에 한줄'은, 바쁜 일상 속 숨 가쁘게 뛰고 있던 나를 잠시 멈추고 주변을 돌아보게 하는 작은 장치와도 같았습니다. 유난히 마음이 흔들리는 날에는 힘을 얻기도 하고, 때때로 잊혀졌던 옛 기억에 잠겨 쓸쓸해지기도 하고….

그렇기에, 인터넷을 부유하던 이미지들이 차곡차곡 쌓여 하나의 책으로 엮이는 데에는 저에게 있어 또 다른 의미가 있습니다. 마음을 움직였던 글과 이미지들이 한데 모여, 내가 실제로 책장을 만지며 넘길 수 있고, 책갈피를 꽂아 두었다가 또 한번 펼쳐볼 수 있다니. 시간이 지나면 책은 너덜너덜해지고 내가 가장 좋아하는 그 페이지에는 여러 자국들이 나 있겠지요. 저는 이 책이 깨끗이 보관해야 하는 멋진 책이 아니라, 언제나 편히 곁에 두고 위안을 얻고 싶을 때 펼쳐보고 싶은 책이 되었으면 합니다. 기쁨과 슬픔을 모두 나눌 수 있는 좋은 친구가 된다면 더 할 나위 없이 좋겠지요. 이후 어디에서든 이 책을 볼 수 있다면, 매우 낡아 있어 주인과 많은 생각을 함께 해왔구나 느낄 수 있기를. 그런 순간을 꿈꿔보며 원고를 떠나보냅니다.

_ 윤연재

두 명의 운영진과 네 명의 사진작가가 함께하고 있는 '하루에 한줄'. 2년간 하루에 한 장씩, 한 줄씩 쌓인 결과들이 한 권의 책으로 묶였습니다. 각자의 일로 바빴겠지만 진심을 다해 함께 해준 작가진, 운영진에 감사의 마음을 전하며 앞으로도 '하루에 한줄'로 행복하길 희망합니다.

_ 한대희

방지민

....

22, 30, 33, 34, 35, 36, 37, 38, 44, 47, 54, 58, 59,
65, 78, 80, 81, 82, 87, 99, 101, 103, 108, 111,
112, 116, 124, 139, 140, 147, 152, 155, 158,
159, 163, 164, 179, 190, 193, 194, 201, 205,
206, 212, 217

윤연재

....

20, 21, 24, 29, 49, 53, 55, 56, 60, 64, 73, 77, 79,
83, 84, 85, 88, 91, 95, 97, 98, 104, 106, 110,
126, 129, 133, 137, 141, 143, 148, 153, 162,
166, 182, 183, 186, 196, 204, 218, 219, 225

페이스북 〈하루에 한줄〉 검색
카카오스토리 〈하루에 한줄〉 검색
인스타그램 @line_for_a_day 검색

하루에 한 줄

초판 1쇄 발행 2016년 1월 8일
초판 2쇄 발행 2016년 9월 5일

지은이 | 하루에 한줄(김영혜, 김정인, 방지민, 송수진, 윤연재, 한대희)
발행인 | 홍경숙
발행처 | 위너스북

경영총괄 | 안경찬
기획편집 | 노영지, 임소연

출판등록 | 2008년 5월 2일 제310-2008-20호
주소 | 서울 마포구 합정동 370-9 벤처빌딩 207호
주문전화 | 02-325-8901
팩스 | 02-325-8902

디자인 | [★]규
제지사 | 한솔PNS(주)
인쇄 | 영신문화사

ISBN 978-89-84747-53-8 03810

* 책값은 뒤표지에 있습니다.
* 잘못된 책이나 파손된 책은 구입하신 서점에서 교환해 드립니다.
* 위너스북에서는 출판을 원하시는 분, 좋은 출판 아이디어를 갖고 계신 분들의 문의를 기다리고 있습니다.
winnersbook@naver.com | tel 02) 325-8901

이 도서의 국립중앙도서관 출판예정도서목록(CIP)은 서지정보유통지원시스템 홈페이지(http://seoji.nl.go.kr)와
국가자료공동목록시스템(http://www.nl.go.kr/kolisnet)에서 이용하실 수 있습니다.(CIP제어번호: CIP2015031505)